Der tägliche Blackout

Siegfried Schilling

Der tägliche Blackout

Das *Sketche*-Buch

Impressum

© 2017 Siegfried Schilling

Herstellung und Verlag: BoD – Books on Demand, Norderstedt

ISBN 9-783743-109179

Printed in Germany

Bibliografische Information der Deutschen Nationalbibliothek

Die Deutsche Nationalbibliothek verzeichnet diese Publikation in der Deutschen Nationalbibliografie; detaillierte bibliografische Daten sind im Internet über http://dnb.d-nb.de abrufbar.

Inhalt

„Der tägliche Blackout" beinhaltet eine Sammlung von Sketchen aus den vergangenen Jahren. Sie nehmen Alltagssituationen und menschliche Schwächen von „Otto Normalverbraucher" sowie Promis, aber auch von Institutionen wie die Kirche sowie Fernsehen, Polizei und Ärzteschaft, satirisch aufs Korn. Dabei begeistern sie durch ihren schlagenden Witz und ihre überraschenden Pointen. Schillings ungewöhnlicher Spürsinn für Witz und Wortwitz, sein Spaß am Spaß und seine Exaltiertheit finden in seinen neuesten Sketchen beredten Ausdruck. Diese sind zum Lesen und Aufführen geeignet.

Schlechte Nachricht

Ort: Wohnstube

Personen: Sohn (Henry, erwachsen)
           Mutter (Lisa, alt)
           1. Mitarbeiter eines
              Beerdigungsinstituts
           2. Mitarbeiter eines
              Beerdigungsinstituts

in der Wohnstube/Tag

Die Mutter begießt Blumen auf der Fensterbank, der Sohn steht hinter ihr

SOHN

Hallo Mutter, setz Dich erst mal: Ich hab´ eine schlechte Nachricht.

MUTTER

Eine schlechte Nachricht? Was ist denn passiert?

SOHN

Nun setz Dich erst mal!

Die Mutter setzt sich in einen Sessel

MUTTER

Was ist denn? Nun sag schon!

SOHN

Einen Augenblick, Mutter: Ich erzähl´ Dir gleich alles. Ich muss nur noch schnell telefonieren.

Der Sohn nimmt den Hörer ab und wählt eine Nummer

SOHN

Ja, Tag – Schneider. Ich bin jetzt zu Hause. Sie können das Ding bringen. Bis gleich.
Der Sohn legt den Hörer wieder auf

MUTTER

Was denn? Was für ein Ding?

Es klopft an der Tür. Der Sohn steht auf und öffnet

SOHN

Kommen Sie rein.

Zwei Mitarbeiter eines Beerdigungsinstituts tragen einen Sarg herein. Die Mutter steht erschrocken auf und starrt auf den Sarg

SOHN *(zu den beiden Mitarbeitern)*

Am besten stellen Sie ihn neben den Sessel.

Die beiden Mitarbeiter des Beerdigungsinstituts stellen den Sarg neben den Sessel, in dem gerade die Mutter gesessen hat

1. MITARBEITER

So, das wär's.

BEIDE MITARBEITER

Tschüss – und schönen Tag noch.

Die beiden Mitarbeiter verlassen die Wohnstube

MUTTER

Um Gottes Willen – was bedeutet denn das? Was ist passiert?

SOHN

Nun setz Dich doch wieder – dann erfährst Du alles.

Die Mutter setzt sich. Der Sohn klappt den Sargdeckel hoch und setzt sich dann ebenfalls

SOHN

Mutter, es tut mir leid, aber ich hab´ schon wieder den… Regen…schirm… verbummelt…

Die Mutter springt auf

MUTTER *(zornig)*

Was hast Du? Das kann doch wohl nicht wahr sein! Weißt Du eigentlich, der wievielte Regenschirm das schon ist in diesem Monat? *(hysterisch)* Weißt Du das? Ja, weißt Du das?

Die Mutter greift sich ans Herz, taumelt und stürzt in den Sarg. Der Sohn steht auf und klappt den Deckel zu

SOHN

Ich wusste doch, dass Sie diese Nachricht nicht verkraftet…

Der Sohn schüttelt bedauernd den Kopf

Verlorene Uhr

Ort: Operationssaal

Personen: Chefarzt
Schwester

im Operationssaal/Tag

Der Chefarzt und die OP-Schwester stehen vor einem Patienten auf der OP-Liege. Der Chefarzt setzt gerade zu einem Schnitt mit dem Skalpell an

CHEFARZT

Dann noch einmal von vorn – weil's so schön war…

Der Chefarzt schneidet den Patienten auf, greift in ihn hinein und zieht eine verschmierte Brille heraus. Diese hält er der Schwester vor die Nase

CHEFARZT

Was ist denn das?

SCHWESTER

Das ist doch…

CHEFARZT

Eine Brille, ja… Kollege Wermke wird sich freuen.

Der Chefarzt legt die Brille auf ein Metalltablett und sucht weiter in dem Patienten herum

CHEFARZT

Oh – und was haben wir da?

Der Chefarzt hält der Schwester eine Schere vor die Nase – um sie dann ebenfalls auf das Metalltablett zu legen.

SCHWESTER

Das ist doch…

CHEFARZT

Irgendwann hätten wir sie bestimmt vermisst.

Der Chefarzt sucht weiter in dem Patienten herum und holt einen Tupfer heraus, den er auf das Metalltablett legt

CHEFARZT *(kopfschüttelnd)*

Tsss… tsss… tsss…

SCHWESTER

Wir alle waren heute wohl nicht ganz bei der Sache…

CHEFARZT

Naja, kein Wunder nach dieser wilden Halloween-Party gestern Abend.

Der Chefarzt sucht noch einmal etwas länger in dem Patienten herum und wendet sich dann an die Schwester

CHEFARZT

Nee – nichts weiter drin… Naja, dann hab´ ich meine Uhr wohl doch zu Hause gelassen…

Ein packender Fernsehabend

Ort: Fernsehstudio

Personen: Fernsehansagerin
Mitarbeiterin

in einem Fernsehstudio/Abend

Die Fernsehansagerin sagt das Abendprogramm an.

FERNSEHANSAGERIN

Meine lieben Zuschauer, ich freue mich, dass Sie heute Abend wieder bei uns sind und darf Ihnen ein abwechslungsreiches und spannendes Abendprogramm versprechen. Es beginnt um 20 Uhr 20 mit der Wiederholung einer eineinhalbstündigen Sendestörung aus dem Jahr 1974: Erleben Sie Action und Spannung pur! Sie werden diese 90 Minuten niemals vergessen. Und es geht spannend weiter. Im Anschluss an die Sendestörung erleben Sie noch einmal die nervenaufreibende Ziehung der Lottozahlen vom 3. Februar 1982: Wer dabei ruhig bleibt, ist schon tot. Viele Zuschauer erinnern sich sicherlich gern an die Wetterkarte vom 12. Juli 1991: Damals bestimmte ein ausgeprägtes Zwischenhoch Deutschland. Es ist uns eine besondere Freude, Ihnen diese Wetterkarte noch einmal zeigen und damit unser Programm abrunden zu können.

Eine Mitarbeiterin erscheint und gibt der Fernsehansagerin einen Zettel. Diese überfliegt ihn kurz

FERNSEHANSAGERIN

Tja, meine Damen und Herren, ich bedaure sehr, aber wegen technischer Probleme können wir das angekündigte Abendprogramm nicht ausstrahlen. Aber wir haben, so hoffen wir jedenfalls, einen gleichwertigen Ersatz gefunden: Geben Sie sich der Faszination des Testbildes aus dem Jahr 1959 hin: Langweilen können Sie sich woanders.

Die Fernsehansagerin gähnt herzhaft

Immer diese Störungen

Ort: Wohnstube eines jungen Mannes

Personen: junger Nachbar
junge Nachbarin

Wohnstube/Abend

Der Nachbar steht an seiner Wohnungstür der Nachbarin gegenüber. Diese trägt ein Negligé. In der Hand hat sie eine Flasche Sekt und zwei Gläser. Sie tritt nahe an den Nachbarn heran, spricht ihn in verführerischem Tonfall an und streichelt seinen Arm

NACHBARIN

Hallo, Nachbar – so ganz allein? Wollen Sie mir nicht behilflich sein, die Flasche zu öffnen? Sie haben doch bestimmt das richtige Händchen dafür ... Und vielleicht haben Sie ja auch eine Idee, wie es weiter gehen könnte mit uns beiden...

Die Nachbarin möchte sich an dem Nachbarn vorbei in die Wohnstube drängen, wird aber von ihm daran gehindert

NACHBAR *(unfreundlich)*

Warten Sie einen Augenblick.

Der Nachbar nimmt der Nachbarin die Flasche ab, öffnet sie und gibt sie zurück

NACHBAR *(unfreundlich)*

So, bitte! Und schönen Abend noch.

Der Nachbar schiebt die entgeisterte Nachbarin von der Tür weg und schließt sie. Dann wirft er sich schnell in den Fernsehsessel und nimmt die Fernbedienung zur Hand

NACHBAR

Dass die Leute immer stören müssen, wenn es wenn es am schönsten ist…

Der Nachbar schaltet den Ton wieder ein und starrt dann wie hypnotisiert auf die Mattscheibe, um sich weiter einen Pornofilm anzuschauen

Scheidungsgrund

Ort: Schlafzimmer

Personen: Ehefrau Sylvia
Ehemann Knut
Liebhaber

im Schlafzimmer/Nachmittag

Der Ehemann steht im Straßenanzug am Ehebett, in dem seine erschrocken wirkende Ehefrau sitzt

EHEFRAU

Knut, Du bist schon?

EHEMANN

Ja, ich bin schon, wie Du siehst. Und Du hast wieder...?

EHEFRAU *(fast ängstlich)*

Nein, ich habe nicht. Du musst mir glauben…

EHEMANN

Ach, Sylvia, wie oft hast Du das schon gesagt…

Der Ehemann legt seine Aktentasche aufs Bett und beginnt, das Schlafzimmer zu durchsuchen. Als er den Kleiderschrank öffnet, blickt ihn der nackte, sein Geschlechtsteil mit den Händen bedeckende Liebhaber seiner Frau irritiert an

LIEBHABER

High…

EHEMANN *(lakonisch)*

Und higher…

Der Ehemann wirft, ohne den Liebhaber weiter zu beachten, einen prüfenden Blick in den Kleiderschrank und schließt ihn dann wieder. Zum Schluss schaut er unter dem Bett nach, um sich dann wieder an seine Frau zu wenden

EHEMANN

Tja, ich glaube, ich muss mich bei Dir entschuldigen, Sylvia. Aber ich habe wirklich gedacht, Du hättest wieder geraucht…

Der Kleiderschrank öffnet sich und der Liebhaber schleicht sich rückwärts, sein Geschlechtsteil mit der Hand bedeckend, aus dem Schlafzimmer. Der Ehemann sieht ihm grinsend nach

Abschied von einem Star

Ort: Friedhof/an einem offenen Grab

Personen: Pastor Bornholt
vier Mitarbeiter eines
Beerdigungsinstituts
Trauergäste

Wohnstube/Abend

Der Pastor steht am offenen Grab. Links und rechts je zwei Mitarbeiter eines Beerdigungsinstituts sowie Trauergäste

PASTOR

Liebe Trauergemeinde, wir nehmen heute Abschied von einem großen Star, einem Sex-Star, einem Vamp: Molly Molluska. Dem HERRN hat es gefallen, sie mitten im blühenden Leben zu sich zu rufen. Mag alles Irdische vergehen, liebe Trauergemeinde, die Erinnerung an das, was Molly Molluska ausmachte, wird immer lebendig bleiben. Beispielsweise ihre sagenhaften Brüste, die auf ihren Wunsch mit bestattet werden…

Der 1. Mitarbeiter wirft die überdimensional großen künstlichen Brüste ins offene Grab. Die anwesenden Trauergäste seufzen laut auf

PASTOR

Ihre faszinierenden blonden Haare…

Der 2. Mitarbeiter wirft die blonde Perücke ins offene Grab. Die anwesenden Trauergäste seufzen laut auf

PASTOR

Ihre vollen, sinnlichen Lippen…

Der 3. Mitarbeiter wirft die überdimensional großen künstlichen Lippen ins offene Grab. Die anwesenden Trauergäste seufzen laut auf

PASTOR

Und ihre makellos gepflegten Fingernägel, die ihr etwas Raubtierhaftes verliehen…

Der 4. Mitarbeiter wirft die überdimensional großen, rot lackierten künstlichen Fingernägel ins offene Grab. Die Trauergäste seufzen laut auf. Der Pastor kratzt sich am Kopf und wendet sich an den 1. Mitarbeiter, der neben ihm steht

PASTOR *(zum 1. Mitarbeiter)*

Irgendwie hab´ ich das Gefühl, wir haben etwas vergessen…

1. MITARBEITER

Vergessen..? Hm…

Der 1. Mitarbeiter kratzt sich ebenfalls am Kopf und wirft einen nachdenklichen Blick in das offene Grab – um sich dann mit der flachen Hand an die Stirn zu schlagen

1. MITARBEITER *(zum Pastor)*

Der Sarg – wir haben den Sarg vergessen. Der steht noch in der Kapelle.

PASTOR *(zum 1. Mitarbeiter)*

O Gott, ja. Dann holen Sie ihn jetzt mit Ihren Kollegen – und zwar so unauffällig wie möglich! *(mit dem Kopf auf das Grab deutend)* Naja, das Wichtigste ist ja glücklicherweise bereits drin…

Verkehrskontrolle

Ort: an einer Straße

Personen: Polizist (Schneider)
            1. Verbrecher
            2. Verbrecher
            weibliche Geisel

an der Straße/Tag

Der Polizist steht an einem Auto, dessen Scheibe an der Fahrer-Seite (1. Verbrecher) heruntergekurbelt ist. Der 2. Verbrecher sowie eine dicke, ältere, gefesselte und geknebelte weibliche Geisel hocken auf dem Rücksitz. Der 2. Verbrecher hat eine Waffe auf die Geisel gerichtet. Niemand im Auto ist angeschnallt

POLIZIST

Allgemeine Verkehrskontrolle. Ihre Papiere, bitte!

Der 1. Verbrecher reicht dem Polizisten die Papiere. Der Polizist sieht sie sich genau an und gibt sie dann zurück

POLIZIST

In Ordnung. Ich muss Sie jedoch auffordern, sich sofort anzuschnallen.

Der 1. Verbrecher schnallt sich hastig an. Der Polizist wirft einen Blick auf die beiden Personen auf dem Rücksitz. Der 2. Verbrecher, völlig verunsichert, richtet die Pistole abwechselnd auf die Geisel und den Polizisten, der das aber überhaupt nicht zur Kenntnis nimmt

2. VERBRECHER *(zum Polizisten)*

Wenn ich meine Schwiegermutter nicht in Schach halte, redet sie wie ein Wasserfall…

POLIZIST *(zum 2. Verbrecher und der Geisel)*

Bitte schnallen auch Sie sich sofort an!

Der 2. Verbrecher schnallt zuerst die Geisel und dann sich hastig an

POLIZIST

Sie haben Glück: Heute haben wir unseren Aktionstag „Sicher angeschnallt". Sonst wäre es teuer für Sie geworden.

Der Polizist legt der Geisel einige Zettel auf den Schoß

POLIZIST

Lesen Sie sich das bitte genau durch und schnallen Sie sich künftig an – in Ihrem eigenen Interesse. Gute Fahrt noch.

Der Polizist schlägt die Wagentür zu. Die beiden Verbrecher schauen sich ungläubig an und fahren weiter

Der Nächste, bitte!

Ort: im Wartesaal eines Zahnarztes

Personen: 1. Patientin
2. Patientin
3. Patientin
4. Patientin
5. Patientin
Zahnarzt (Dr. Klemm)
Kuh

im Wartesaal des Zahnarztes Dr. Klemm/Tag

Die fünf Patientinnen sitzen ein wenig verängstigt im Wartesaal. Dort gibt es zwei Türen. Über der einen steht „Behandlungsraum" über der anderen „Ausgang". Die 1. Patientin trägt eine dunkle Sonnenbrille, die 2. Patientin einen Sturzhelm. Die 3. Patientin ist extrem warm gekleidet und trägt Mantel, Schal und Mütze. Die 4. Patientin hat eine Kuh mitgebracht. Die Kuh und 4. Patientin tragen eine Binde wie jemand, der unter starken Zahnschmerzen leidet. Die 5. Patientin hat in einem Netz einen großen Bund Wurzeln neben sich stehen

1. PATIENTIN

Also ich hab´ mir heute extra `ne dicke Sonnenbrille mitgebracht. Dieser Klemm, dieser sogenannte Zahnarzt, hat einen derart bohrenden Blick…

Die anderen Patientinnen nicken zustimmend

2. PATIENTIN

Und eine nervtötende Art hat er. Ich bin schon ein paarmal an die Decke gegangen. Deswegen dieser… *(tippt an den Sturzhelm)*

Die anderen Patientinnen nicken verständnisvoll

3. PATIENTIN

Sie wundern sich vielleicht, weshalb ich bei dieser Wärme so dick angezogen bin. Aber beim letzten Mal, als ich bei Klemm drin war, hat es so gezogen…

Die 2. Patientin lächelt verlegen. Dabei wird sichtbar, dass sie nur noch zwei oder drei Zähne im Mund hat

4. PATIENTIN

Dieser Dr. Klemm ist so sensibel wie `n Viehdoktor. Hab´ deswegen meine Lisa mitgebracht. Die kann er gleich mit behandeln.

Die anderen Patientinnen lächeln gequält

5. PATIENTIN

Ich bin eigentlich auch ganz gut vorbereitet. *(hält das Netz mit den Wurzeln hoch)* Der Doktor will heute eine Wurzelbehandlung vornehmen.

Die anderen Patientinnen sehen sich verblüfft an. In diesem Augenblick kommt der Zahnarzt Dr. Klemm, ein sehr kleiner, unscheinbarer Mann, aus dem Behandlungszimmer

ZAHNARZT

Der Nächste, bitte!

Sämtliche Patientinnen springen kreischend von ihren Stühlen auf und verlassen fluchtartig durch den Ausgang das Wartezimmer. Der Zahnarzt sieht ihnen irritiert nach

Politik im Gespräch

Ort: Fernsehstudio

Personen: Christiane Sabinsen (Moderatorin)
            Herr Mengel (Journalist)
            Herr Schmidt (Journalist)
            Herr Weinberg (Journalist)
            Frau Esser (Journalistin)

im Fernsehstudio/Tag

Christiane Sabinsen sitzt mit vier Journalisten am Podiumstisch. Jeder von ihnen hat ein Glas Wein vor sich stehen. Die Weinflasche steht bei Sabinsen

SABINSEN

Ja, meine lieben Zuschauer, heute haben wir in **Politik im Gespräch** das Thema…

MENGEL

Wie ich schon häufiger zum Ausdruck gebracht habe, verehrte Frau Sabinsen…

SCHMIDT

Wenn ich auch einmal etwas sagen dürfte…

WEINBERG

Also hier hat doch eindeutig Washington…

MENGEL (*zu Weinberg*)

Washington, Washington! Dass ich nicht lache, lieber Kollege Weinberg. Bei allem Verständnis für Ihre…

SCHMIDT

Wenn ich auch einmal etwas sagen dürfte…

SABINSEN (*zu Mengel*)

Verstehe ich Sie recht, Herr Mengel...

ESSER

Also als Frau mundtot machen lasse ich mich nicht, meine Herren. Darauf können Sie Gift…

Herr Schmidt hebt sein Glas

SCHMIDT

Zum Wohl!

Die Gäste am Podiumstisch prosten einander zu

SABINSEN

Wenn ich noch einmal auf das Thema…

WEINBERG (*zu Sabinsen*)

Ich finde es gut, Frau Sabinsen, dass Sie immer wieder den Finger in diese Wunde…

MENGEL (*zu Weinberg*)

Merken Sie denn gar nicht, lieber Kollege Weinberg…

ESSER

Haben Sie mich verstanden, meine Herren? Mundtot…

Mengel

Wie ich schon häufiger zum Ausdruck gebracht habe…

SABINSEN

Verstehen Sie, meine Herren, meine Dame, worauf ich abziele? Es wäre geradezu fatal…

Schmidt

Wenn ich auch einmal etwas sagen dürfte…

Mengel

Wie ich schon häufiger zum Ausdruck gebracht habe…

WEINBERG (*zu Sabinsen*)

Das Entscheidende ist doch, liebe Frau Sabinsen, und darüber gibt es überhaupt keine zwei Meinungen…

SABINSEN

Sicher. Und ich hoffe, das hat man auch in Washington verstanden.

MENGEL

Und in Moskau, hoffe ich.

WEINBERG

Trotzdem muss man sich fragen…

Weinberg unterbricht und schaut, wie auch die anderen Podiumsgäste, auf Christiane Sabinsen, die gierig ihr Glas austrinkt, sich nachschenkt, wiederum gierig ihr Glas leert, um dann mehrere Schluck aus der Flasche zu nehmen. Schmidt erhebt sein Glas

SCHMIDT

Zum Wohl!

Alle prosten einander zu und trinken einen Schluck

MENGEL

Meine Frau hat mich verlassen.

WEINBERG *(zu Mengel)*

Ist das so eine kleine Dicke mit dünnen Haaren?

MENGEL *(zu Weinberg)*

Nein, das ist meine Geliebte. Meine Frau ist groß, blond und langbeinig.

ESSER

Dieser lächerliche kleine Unterschied – pah!

Esser lacht laut auf

WEINBERG *(zu Mengel)*

Sie geht bestimmt zu einer Frau.

MENGEL *(zu Weinberg)*

Meine Frau ist nicht pervers.

SABINSEN

Trotzdem kommen wir nicht umhin, meine Herren, uns noch einmal…

ESSER

Die ist bestimmt zu einer Frau gegangen. Dieser kleine Unterschied. Einfach lächerlich…

Sabinsen nimmt einen großen Schluck aus der Flasche

SABINSEN

Wisst Ihr, was ich bin, Jungs? Ich bin ein ganz versautes Luder. Und jetzt will ich wissen, wer mit mir nach Haus kommt.

Alle stehen auf, umringen sie und grölen durcheinander

SCHMIDT

Wenn ich auch…

SABINSEN (*zu Schmidt*)

Klar, Süßer, Du kommst auch ran! Heute lasse ich jeden ran.

Die Gruppe verlässt johlend das Studio

Erstklassiges Hotel

Ort: Eingang eines schäbigen Hotels

Personen: Portier
Tourist

vor einem Hotel/Tag

Der Tourist, eine kleine Reisetasche in der Hand, steht neben dem Portier und weist enttäuscht auf das heruntergekommene Hotel

TOURIST

Und das soll ein Vier-Sterne-Hotel sein?

PORTIER

Sie zweifeln daran?

Der Portier versetzt dem Touristen einen Faustschlag auf den Kopf

PORTIER

Nun, wie viel Sterne sind es?

Der leicht benommene Tourist zählt mit dem Finger in der Luft die Sterne, die er sieht

HOTELGAST

Eins, zwei, drei, vier… Ja, tatsächlich: vier Sterne.

PORTIER

Na, also…

Der Tourist torkelt in das Gebäude

Faszination am Untergang

Ort: Kapitänskajüte auf einem Schiff

Personen: Kapitän
Seemann

in der Kapitänskajüte/Abend

Der Sturm heult, das Schiff schwankt. Der Kapitän sitzt vor dem Fernseher. Ein Seemann, klitschnass, stürzt herein

SEEMANN *(aufgeregt)*

Käpt´n, schnell ins Rettungsboot – das Schiff ist verloren!

Der KAPITÄN wendet den Blick nicht vom Fernseher ab

KAPITÄN

Na, `n paar Stunden Zeit haben wir doch noch. Wir sind ja gerade erst am Eisberg entlang geschrammt.

SEEMANN

Eisberg..? Unsere Ladung ist verrutscht. Wir liegen in Nullkommanichts auf´m Meeresgrund.

KAPITÄN

Dann mal rein in die Boote – und viel Glück! Ich werde auf jeden Fall meinen Lieblingsfilm zu Ende ansehen. Wer weiß, wann ich den **Untergang der Titanic** mal wieder zu sehen bekomme.

Der Seemann schlägt sich mit der flachen Hand an die Stirn und stürzt hinaus

Sauberkeit und Ordnung

Ort: Saal im Restaurant „Rosarium"

Personen: Politiker
1. Putzfrau
2. Putzfrau
3. Putzfrau

in einem Restaurant/Tag

Der Politiker hält im gut besuchten Saal des Restaurants eine Rede

POLITIKER

Ja, meine Damen und Herren, liebe Parteifreunde, das sind also, grob umrissen, meine politischen Zielvorstellungen für die nächsten Jahre. Und Sie können versichert sein, dass ich nichts unversucht lassen werde, sie nach und nach umzusetzen, gleichgültig, welche Hürden ihnen im Weg stehen. Dabei ist und bleibt mein Hauptanliegen, dafür zu sorgen, dass in unserem Lande endlich wieder Sauberkeit und Ordnung einkehren…

Zwei oder drei Zuhörer im Saal klatschen. Drei Putzfrauen, bewaffnet mit Schrubber und Eimer, kommen herein, um einen Blick auf die Veranstaltung zu werfen. Bei dem letzten Satz des Politikers sehen sie einander empört an und stemmen die Fäuste in die Hüften

1. PUTZFRAU *(empört)*

Was war das?

2. PUTZFRAU *(empört)*

Der Typ meint uns…

3. PUTZFRAU

Also das schlägt ja dem Putzeimer den Boden aus…

2. PUTZFRAU

Da quatscht uns dieser Typ doch tatsächlich dumm von oben an.

1. PUTZFRAU

Wir reißen uns hier den Arsch auf, damit alles blitzblank ist, und diese Polit-Pfeife will behaupten ...

Alle drei PUTZFRAUEN *(wütend)*

Aaaaaahhhhh...

2. Putzfrau *(ruft zu dem Politiker hinauf)*

Eh, Freundchen, wenn Du glaubst, wir machen unsere Arbeit nicht gut genug, dann beweg mal Deinen Arsch vom Podium und schnapp Dir einen Schrubber!

3. Putzfrau *(ruft zum Politiker hinauf)*

Eine Toilettenbürste, das ist das richtige Arbeitsgerät für Dich.

1. PUTZFRAU

Du weißt doch gar nicht, was ehrliche Arbeit ist, Du Clown.

Schnitt zuerst auf die Zuhörer, die sich verblüfft zu dem entfesselten Putz-Trio umgedreht haben, dann auf den Politiker, dem das Glas aus der Hand fällt, aus dem er trinken wollte: Es zersplittert auf dem Boden

3. Putzfrau *(ruft zu dem Politiker hinauf)*

Und den Dreck machst Du gefälligst selber weg, verstanden...

Die drei Putzfrauen zeigen dem Politiker den Stinkefinger, schultern dann ihre Schrubber und verlassen den Saal. Der Politiker sieht ihnen entgeistert nach

Die Beichte

Ort: evangelische Kirche

Personen: Pastor Bornholt
Herr Möller

in der Kirche/Tag

Der Pastor und Herr Möller sitzen allein auf der ersten Bankreihe in der Kirche

PASTOR

Sie haben etwas auf dem Herzen, Herr Möller?

MÖLLER

Ja, ich muss Ihnen etwas gestehen, Herr Pastor: Ich habe gesündigt. Ich war es, der den Hecht in Ihren gepflegten Gartenteich gesetzt hat. Ratzfatz war er mit Ihren Goldfischen fertig.

Der Pastor knirscht mit den Zähnen und ringt um Fassung, bevor er in mildem Ton antwortet

PASTOR

Das war zwar nicht schön, Herr Möller, aber die Tierchen haben sicherlich nicht viel gemerkt: Es ging ja alles so schnell…

MÖLLER

Und ich war es auch, der ihre Öko-Hühner einen Kopf kürzer gemacht hat. Schnipp, schnapp, und sie waren ohne – und sind so noch ziemlich weit gekommen.

PASTOR *(mit den Zähnen knirschend)*

Ja, bis in meinen Suppentopf. Na gut, das war zwar nicht schön, Herr Möller, aber die Tierchen haben sicherlich nicht viel gemerkt: Es ging ja alles so schnell…

MÖLLER

Und dann hab´ ich´s noch ihrer Frau besorgt – und wie! Ich bin wie ein Tornado über sie gekommen…

Möller lacht laut auf. Der Pastor knirscht vernehmbar mit den Zähnen und ringt um Fassung, bevor er milde antwortet

PASTOR

Naja, das war zwar nicht schön, Herr Möller, aber ich denke, meine Frau wird kaum etwas gemerkt haben: Es ging ja alles so schnell…

Auf und davon

Ort: an einer Straße

Personen: Fahrer
Polizist (Schneider)

an der Straße/Tag

Der Polizist, die Kelle in der Hand, spricht den Fahrer eines Pkw an

POLIZIST

Tag auch! Ich hab´ Sie angehalten, weil Ihr linker Scheinwerfer nicht brennt…

FAHRER

So..? Das hab ich noch gar nicht bemerkt.

POLIZIST

Wenn sie das bitte umgehend in Ordnung bringen: Noch ist es hell. (der Polizist schaut auf den Vorderreifen) Aber was ist denn das?

FAHRER

Was denn?

POLIZIST *(auf den Reifen weisend)*

Dieser Reifen hat ja überhaupt kein Profil mehr.

FAHRER

Tatsächlich? Also das gibt´s doch gar nicht!

POLIZIST

Augenblick, ich schaue mir mal den Wagen an.

Der Polizist inspiziert das Fahrzeug, wobei er mehrmals mit dem Kopf schüttelt, und geht dann zurück zum Fahrer

POLIZIST

Also der Wagen ist wirklich in einem miserablen Zustand. Und der TÜV ist auch schon seit neun Monaten fällig.

FAHRER

Wirklich? Also da kann man mal sehen, wie die Leute auf ihre Fahrzeuge achten.

POLIZIST

Wie meinen Sie das? Ist das nicht Ihr Wagen?

FAHRER

Gott bewahre, nein! Hab´ nur gesehen, dass er im absoluten Halteverbot stand – und ihn dort weggefahren, damit der Besitzer keinen Ärger bekommt. Konnte dann aber keinen Parkplatz finden – und erst auf der Autobahn von Hamburg nach Kiel wenden: Ihre Kollegen, die hinter mir fuhren, waren so nett, mir mit der Lichthupe Zeichen zu geben. Übrigens: Meinen Führerschein hab´ ich so gut wie in der Tasche. In 14 Tagen ist Prüfung. Drücken Sie mir die Daumen. Und tschüss..!

Unbefriedigende Lektüre

Ort: Stadtbücherei

Personen: Radetzki (Leiter des Literaturklubs)
           mehrere Mitglieder des
           Literaturklubs

in der Stadtbücherei/Abend

Die Mitglieder des Literaturklubs sitzen im Halbkreis in der Stadtbücherei. Radetzki, der wie eine Karikatur von Reich-Ranitzky aussieht, hat ein dickes Buch auf seinem Schoß, dessen Titel man allerdings nicht lesen kann. Von Zeit zu Zeit bildet sich Schaum vor Radetzkis' Mund, den er mit einem Taschentuch abwischt

RADETZKI

Es gibt Bücher, meine lieben Literaturfreunde, die sind es nicht wert, dass man sie überhaupt aufschlägt. Dieses Buch beispielsweise...

Radetzki hält das Buch hoch, wobei er allerdings den Titel mit der Hand verdeckt, und legt es dann wieder auf seinen Schoß

RADETZKI

Sie werden mir vielleicht glauben, meine lieben Zuschauer, wenn ich Ihnen sage, dass ich unvoreingenommen an jedes Werk herangehe und mich bemühe, dem nachzuspüren, was der Autor sagen will. Hier aber, bei diesem pseudoliterarischen Produkt, ist mein guter Wille geradezu ins Leere gelaufen. Ich habe ein Werk vorgefunden, das mit literarischer Wüste nur unzureichend beschrieben ist – denn auch in einer Wüste ist Leben und Lebendigkeit.

Radetzki springt vom Sofa auf und läuft im Studio hin und her, wobei er sich immer mehr in Rage redet

RADETZKI

Der Autor, der dieses Werk *(lacht laut auf)* geschaffen hat, ist ein Musterbeispiel für jene selbstverliebten Autoren, die kiloschwere Schwarten auf den Markt werfen – und doch als zu leicht befunden werden müssen. Obwohl ich

Seite für Seite dieses Buches observiert habe, ist es mir nicht gelungen, herauszufinden, was der Autor eigentlich mitteilen will. Will er überhaupt etwas mitteilen? Oder will er vielleicht nur unsere Zeit stehlen? Wenn dies sein Anliegen ist, dann ist ihm dies bei mir jedenfalls gelungen. Kurz und gut, meine lieben Literaturfreunde: Mir ist selten eine Lektüre in die Hände gekommen, die so wenig befriedigt wie diese. Es steht einfach nichts drin: Auf jeder Seite gähnende Leere. Hier – sehen Sie selbst!

Radetzki demonstriert, dass das Buch aus lauter leeren, jungfräulich-weißen Seiten besteht

RADETZKI

Von vorne bis hinten – lauter leere Seiten. Und feige ist der Autor obendrein, denn seinen Namen sucht man vergebens auf dem Buch.

Radetzki schlägt das Buch zu

RADETZKI

Und dann dieser absonderliche Buchtitel... Nein, nein, nein..! Also ich finde, dieses Machwerk

eignet sich höchstens dazu, es mit seinen eigenen
Notizen vollzukritzeln – und das ist alles...

*Radetzki hebt das „Buch" hoch, auf dem groß
und deutlich „Schreibblock" steht*

Ordnung ist das halbe Leben

Ort: Wohnstube

Personen: Henry
             Ehefrau (von Henry)
             Mutter (von Henry)

in der Wohnstube/Tag

Henry sieht sich suchend in der Wohnstube um, in der beträchtliche Unordnung herrscht – insbesondere links und rechts des Fernsehsessels. Dort liegen auf dem Boden verstreut Chips und Flips, eine Viertel Salamiwurst, eine halb volle Colaflasche, ein umgekipptes Glas und dergleichen mehr

HENRY

Mutter hatte das Messer doch mit in die Stube genommen… Also was die einmal in der Hand hat…

In diesem Augenblick taumelt Henrys Ehefrau herein. In ihrer Brust steckt das Messer. Henry dreht sich zu ihr um

HENRY

Da ist ja das Messer. Du kommst wie gerufen, Liebling.

Henry zieht das Messer aus seiner Ehefrau heraus. Diese will noch etwas sagen und weist in Richtung Flur, wo die anderen Zimmer liegen

HENRY

Brauchst nichts zu erklären, Liebling… Hast Dich wieder mal mit Mutter in die Haare gekriegt – wegen ihrer Unordnung. Aber vergiss nicht: Mutter hat auch viele gute Seiten.

Die Ehefrau bricht tot zusammen. Die Mutter tritt ein. Sie wirft sich sofort in den Fernsehsessel, trinkt einen Schluck Cola aus der Flasche und rülpst

HENRY

Also, Mutter, so geht´s wirklich nicht weiter! Ein bisschen musst Du auch zur Ordnung im Hause beitragen, sonst wird´ ich mal gritzig. Du räumst jetzt sofort auf!

Die Mutter steht unwillig auf, stemmt die Hände in die Hüften und schnauft missbilligend – um sodann die tote Ehefrau zu packen und hinauszuschleifen

HENRY

Naja, sie bemüht sich wenigstens. Aber wirklich böse kann man ihr sowieso nicht sein…

Die Fliegen

Ort: Restaurant

Personen: 1. Gast
2. Gast
3. Gast
Ober

im Restaurant/Tag

Zwei Gäste löffeln ihre Suppe aus, ein dritter Gast studiert die Speisekarte. Der 1. Gast ruft den Ober, der gerade hereinkommt, zu sich an den Tisch

1. GAST *(zum Ober)*

Herr Ober, könnten Sie bitte mal kommen?

Der Ober geht zum Tisch des 1. Gastes

OBER *(zum 1. Gast)*

Was kann ich für Sie tun?

1. Gast *(zum Ober)*

Zunächst einmal eine Frage beantworten.

OBER *(zum 1. Gast)*

Gern – wenn ich kann.

1. GAST *(zum Ober)*

Sie können – wenn Sie sich auf das Tierchen konzentrieren, das da in der Suppe treibt: Was Ist das Ihrer Meinung nach?

OBER *zum 1. Gast)*

Sagen Sie bloß, das ist…

1. GAST *(zum Ober)*

Nein, sagen **Sie** es!

Ober *(zum 1. Gast)*

Eine Fliege..?

1. GAST *(zum Ober)*

Ganz recht. Eine einsame, in der Hühnersuppe rudernde Stubenfliege.

OBER *(zum 1. Gast)*

Also ich denke, das Problem lässt sich lösen…

Der Ober geht in die Küche und kommt nach einem Augenblick mit einem Becher oder einem ähnlichen Behälter zurück, der zur Hälfte mit Fliegen gefüllt ist. Der Ober schüttet die Fliegen in die Suppe

OBER *(zum 1. Gast)*

Na, von einsam kann jetzt wohl nicht mehr die Rede sein, wie?

Der Ober lächelt überlegen, der 1. Gast schaut irritiert. Der 2. Gast winkt den Ober zu sich an den Tisch

2. GAST *(zum Ober)*

Herr Ober, wenn Sie vielleicht…

Der Ober begibt sich an den Tisch des 2. Gastes

OBER *(zum 2. Gast)*

Ja, bitte?

2. Gast *(zum Ober)*

Ich hätte gern eine Information von Ihnen.

OBER *(zum 2. Gast)*

Ja..?

2. GAST *(zum Ober)*

Was glauben Sie: Wie viel Nahrung kann eine ganz gewöhnliche Stubenfliege aufnehmen?

OBER *(zum 2. Gast)*

Hm. Meinen Sie pro Stunde? Pro Woche? Im Laufe ihres Lebens? Oder was?

2. GAST *(zum Ober)*

Pro Mahlzeit, meine ich.

OBER *(zum 2. Gast)*

Naja, viel mehr als ein Fliegenschiss wird´s nicht sein.

2. GAST *(zum Ober)*

Das hatte ich bisher auch angenommen. Aber wenn Sie vielleicht mal einen Blick auf meinen Teller riskieren…

Der Ober wirft einen Blick auf den Teller und zieht ein wenig seine Augenbrauen hoch

OBER *(zum 2. Gast)*

Meine Güte. Die hat wohl wochenlang gefastet – und dann ist es über sie gekommen.

2. GAST *(zum Ober)*

Meine ganze Erbsensuppe hat sie ausgesoffen.

OBER *(zum 2. Gast)*

Na gut – das haben wir gleich.

Der Ober geht in die Küche und kommt nach einem Augenblick mit einem Akku-Bohrer und einem großen Strohhalm zurück. Der Ober schaltet die Bohrmaschine ein und bohrt ein Loch in die Fliege, die etwa so groß ist wie der Teller. Danach schaltet er die Bohrmaschine wieder aus

OBER *(zum 2. Gast)*

So – das wär´s!

Der Ober steckt den Strohhalm in die Fliege und lädt den 2. Gast zum Trinken ein

OBER *(zum 2. Gast)*

Dann wünsche ich noch einen guten Appetit.

Der Ober lächelt dem 2. Gast aufmunternd zu und begibt sich dann an den Tisch des 3. Gastes

OBER *(zum 3. Gast)*

Nun, haben Sie schon Ihre Wahl getroffen?

3. GAST *(zum Ober)*

Hab´ ich. Bringen Sie mir doch bitte die Hühnersuppe.

OBER *(zum 3. Gast)*

Gern.

Der Ober verlässt den Gastraum und kommt nach einem Augenblick mit der Hühnersuppe zurück, die er dem 3. Gast serviert

OBER *(zum neuen Gast)*

Bitte sehr. Und guten Appetit.

3. GAST *(zum Ober)*

Danke.

Der Ober wendet sich zum Gehen, wird aber von dem 3. Gast zurückgerufen.

3. GAST (*empört zum Ober*)

Herr Ober! Das ist doch wohl…

Der Ober wendet sich zum 3. Gast um

OBER (zum 3. Gast)

Ja, bitte?

3. GAST *(zum Ober)*

Sehen Sie mal, was ich hier aus der Suppe gefischt habe.

Der 3. Gast zeigt dem Ober die Fliege (Umbinder), die er aus der Suppe gefischt hat. Der Ober fasst sich spontan an den Hals, wo normalerweise die Fliege sitzt

OBER *(zum 3. Gast)*

Oh – dafür hab´ ich **Sie** wohl jetzt am Hals.

3. GAST *(empört zum Ober)*

Also einem Ober, dem so etwas passiert, der sollte sich schleunigst aus seinem Pinguin-Kostüm schälen und den Weg zum Arbeitsamt einschlagen…

OBER *(zum neuen Gast)*

Eine ausgezeichnete Idee: Ich wollte mich schon lange verändern…

Der Ober zieht Jacke, Oberhemd und Hose aus, legt sie über den Arm und geht in Unterhose und Unterhemd in die Küche

Maulstopp

Ort:		Studio

Personen:	Moderator
		Herr Meyer
		Herr Möller
		Muskelmann

im Restaurant/Tag

Der Moderator steht vor einem großen Poster, auf dem ein muskelbepackter, stupide blickender Mann abgebildet ist

MODERATOR *(zu den Fernsehzuschauern)*

Sie können partout Ihr Maul nicht halten und handeln sich deswegen viele Probleme ein? Dann ist es höchste Eisenbahn, meine lieben Zuschauer, etwas dagegen zu tun. Ein Anruf bei der Firma Maulstopp genügt, und in kürzester Zeit steht einer ihrer erfahrenen Mitarbeiter bei Ihnen auf der Matte und stopft Ihnen das Maul. Und noch ein kleiner Tipp: Wenn Sie Freunde mit dem gleichen Problem haben, schenken Sie ihnen doch den Freundschaftsservice der Firma Maulstopp: Anlässe gibt es genug. Und zum Schluss, meine lieben Zuschauer, möchte ich Ihnen noch zwei zufriedene Kunden der Firma Maulstopp vorstellen: Herrn Meyer und Herrn Möller.

Schnitt auf Meyer und Möller, die nebeneinander auf einer Couch sitzen. Beide haben ihre Köpfe in Gips, nur Mund, Augen und Nase sind frei

MODERATOR

Nun, Herr Meyer, schildern Sie unseren Zuschauern doch einmal, welche Erfahrungen Sie mit dem Spezialservice der Firma Maulstopp gemacht haben.

Herr Meyer bringt einige unartikulierte Laute hervor

MODERATOR

Danke, Herr Meyer – sehr schön.

Der Moderator wendet sich an Herrn Möller

MODERATOR

Und Sie, Herr Möller: Was möchten Sie unseren Zuschauern sagen?

Herr Möller bringt ebenfalls einige unartikulierte Laute hervor

MODERATOR

Schön, schön – wirklich. Ich danke Ihnen, meine Herren.

Der Moderator weist auf das Plakat

MODERATOR

Also, meine lieben Zuschauer: Zögern Sie nicht, die Dienste der Firma Maulstopp in Anspruch zu nehmen.

In diesem Augenblick stürmt der Muskelmann, der auf dem Plakat abgebildet ist, herein, packt den Moderator, der Schmerzenslaute wie „Autsch" und „Au" von sich gibt, und „stopft ihm das Maul". So schnell wie er gekommen ist, verschwindet der Muskelmann wieder. Der

Moderator, dessen Gesicht arg „verbeult" ist, wendet sich wieder an das Publikum

MODERATOR

Und diese kleine Demonstration dürfte auch den letzten Zweifler überzeugt haben, meine lieben Zuschauer – denn gegen das Muskel... ä... Leistungspaket von „Maulstopp" gibt es einfach keine Argumente...

Der Moderator lächelt gequält

Einfach ungenießbar

Ort: eine Wohnstube

Personen   Ehemann
            Ehefrau
            Liebhaber

in der Wohnstube/Tag

Der Ehemann sitzt am gedeckten Esstisch. Die Ehefrau füllt ihm aus einem Topf Suppe auf den Teller

EHEFRAU *(überfreundlich)*

Ich hoffe, es schmeckt Dir, mein Schatz!

EHEMANN *(mürrisch)*

Hm...

Die Ehefrau bleibt am Tisch stehen und beobachtet gespannt ihren Ehemann. Dieser probiert vorsichtig die Suppe – um sie mit einem Ausdruck des Ekels wieder auszuspucken

EHEMANN *(angewidert)*

Was ist denn das? Abwaschwasser? Oder Jauche? So eine widerwärtige Suppe hab´ ich ja noch nie gegessen…

EHEFRAU *(ironisch)*

Schmeckt es Dir nicht, mein Schatz? Das tut mir leid.

Die Ehefrau stellt Topf und Teller auf ein Tablett und trägt es hinaus. Der Ehemann schüttelt den Kopf und schimpft vor sich hin. Nach einem Augenblick erscheint die Ehefrau wieder in der Wohnstube und stellt ihrem Ehemann einen Teller mit Kartoffeln, Soße und Fleisch sowie ein Dessert auf den Tisch

EHEFRAU

Also, wenn Dir das nicht schmeckt…

Der Ehemann wirft seiner Ehefrau einen giftigen Blick zu und beginnt zu essen. Er hört jedoch nach ein paar Bissen auf und spuckt alles wieder aus

EHEMANN

Teufel noch mal, das schmeckt ja schlimmer als bei Lafer.

EHEFRAU

Sag bloß, das magst Du auch nicht?

EHEMANN

Nicht mögen? Du willst mich wohl verarschen! Was ist mit Dir los? Du setzt mir in letzter Zeit einen Fraß vor…

EHEFRAU

Dann probier doch mal das Dessert! Das wird Dich für alles entschädigen.

Der Ehemann wirft seiner Ehefrau einen misstrauischen Blick zu, probiert das Dessert, fängt an zu würgen und läuft hinaus – um schon nach wenigen Sekunden vollständig angezogen und mit zwei Koffern in der Hand wieder in der Stube zu erscheinen

EHEMANN

Weißt Du was? Iss Deinen Fraß künftig selbst! Ich trenne mich von Dir: Aus, Schluss, vorbei.

Der Ehemann verschwindet. Der Liebhaber erscheint; die Ehefrau reißt jubelnd die Arme hoch

LIEBHABER

Hat es tatsächlich geklappt?

EHEFRAU

Hat es: Er ist weg.

LIEBHABER

Dann hattest Du ja wirklich die richtige Idee.

EHEFRAU

Tja, in schweren Fällen hilft eben nur noch Trenn-Kost…

LIEBHABER

Und dann klappt es auch mit dem Nachbarn...

Das Paar lächelt glücklich und umarmt sich

i